腹有诗书

伯言◎编著

中华工商联合出版社

图书在版编目（CIP）数据

腹有诗书 / 伯言编著. -- 北京：中华工商联合出版社, 2025. 6. -- ISBN 978-7-5158-4306-3

Ⅰ. I211

中国国家版本馆CIP数据核字第2025V5P982号

腹有诗书

编　　著：伯　言
出 品 人：刘　刚
责任编辑：吴建新　关山美
封面设计：冬　凡
责任审读：付德华
责任印制：陈德松
出版发行：中华工商联合出版社有限责任公司
印　　刷：三河市燕春印务有限公司
版　　次：2025年6月第1版
印　　次：2025年8月第1次印刷
开　　本：720 mm×1020 mm　1/16
字　　数：45千字
印　　张：9
书　　号：ISBN 978-7-5158-4306-3
定　　价：58.00元

服务热线：010 — 58301130 — 0（前台）
销售热线：010 — 58302977（网店部）
　　　　　010 — 58302166（门店部）
　　　　　010 — 58302837（馆配、新媒体部）
　　　　　010 — 58302813（团购部）
地址邮编：北京市西城区西环广场A座
　　　　　19 — 20层，100044
投稿热线：010 — 58302907（总编室）
投稿邮箱：1621239583@qq.com

工商联版图书
版权所有　侵权必究

凡本社图书出现印装质量问题，请与印务部联系。

联系电话：010—58302915

前言

在当今快节奏的时代，我们被碎片化的信息包围，习惯了直白的表达。然而，亲爱的读者，你是否曾在不经意间被这样的文字深深打动：三五个字，便勾勒出一幅山水；七八个音，就道尽了人间悲欢。这便是中华民族文化中的瑰宝——古诗文。

这些流传千年的古诗文，蕴含着无尽的魅力与智慧，等待着我们去触发、重温。它们如同一种神秘的文化密码，跨越千年，依然能触动我们的心灵，充满了深情与浪漫。古诗文的语言凝练深奥，含蓄儒雅，需要我们用心沉浸其中，细细品味。

"大漠孤烟直，长河落日圆"，寥寥数语便展现出壮美的边疆画卷；"海上生明月，天涯共此时"，简简单单的几个字，却道出了跨越千里的深情思念；"会当凌绝顶，一览众山小"，展现出豪迈的壮志；"采菊东篱下，悠然见南山"，则描绘出闲适的田园生活。每一首古诗文都是一段独特的心灵之旅，引领我们感悟作者的情感与精神追求。

为了让更多人领略古诗文的美，我们将这些经典之作汇编成书，希望将古诗文的智慧引入现代生活，让它们融入我们的日常话语，为我们的表达增添文化底蕴与精神内涵。本书精选了600多句经典古诗文，涵盖各种生活场景。无论是表达情感、描绘景色，还是抒发志向，这些古诗文都能为你提供独特的意象维度与优美表达。在与他人交流时，它们能增添你的谈资，展现你的文化素养与气质；在写作时，它们能让文字更具韵味与深度。

为了增加本书的可读性，书中的"今话"与"古语"并非直白翻译，而是追求思想和意境上的统一。就好像是为了表达某种思想，现代人和古代人都说出一句话，从而形成对比，让读者更直观地感受古文之美。我们衷心希望这本书能成为你生活中的良友。当你在忙碌的生活中感到疲惫时，翻开这本书，让古诗文的意境为你的内心带来片刻的宁静与慰藉；当你在人生的道路上迷茫时，古诗文中的智慧能助你重新找到方向。

目录

学习佳句 /// 1

成功励志 /// 21

人生哲理 /// 43

情感共鸣 /// 65

道德力量 /// 87

自然颂歌 /// 105

岁月流转 /// 123

今话 别等想用的时候才后悔知识少。

古语 书到用时方恨少。

今话 即使聪明好学也要懂得谦虚求教他人。

古语 敏而好学,不耻下问。

今话 书读得多了,自然就会理解书中的含义。

古语 读书百遍,其义自见。

今话 一天不读书,就觉得生活无趣。

古语 一日无书,百事荒芜。

今话 我们要勤奋学习,不要荒废时间去玩乐。

古语 业精于勤,荒于嬉。

| 今话 | 如果你自以为是，学到的知识就少。

古语 **好问则裕，自用则小。**

| 今话 | 当人产生了疑问，就会开始思考和学习。

古语 **疑是思之始，学之端。**

| 今话 | 学习知识时生怕追不上，追上了又害怕再失去。

古语 **学如不及，犹恐失之。**

| 今话 | 学习知识后再经常复习，不也很愉快吗？

古语 **学而时习之，不亦说乎？**

| 今话 | 学习必须专心、静心，而才华只能源于学习。

古语 **夫学须静也，才须学也。**

今话 年轻时就要努力,别等老了再后悔,那就来不及了。

古语 **少壮不努力,老大徒伤悲。**

今话 积累大量知识后,才能在适当的时候展现出自己的才能。

古语 **博观而约取,厚积而薄发。**

今话 人的生命是有限的,而知识是无限的。

古语 **吾生也有涯,而知也无涯。**

今话 从小好好学习,具备才能和学识,具有远大的志向和抱负。

古语 **自小多才学,平生志气高。**

今话 不学习,知识不会自己来。

古语 **人学始知道,不学非自然。**

今话 读书时需要心神集中。

古语 **心不在此,则眼不看仔细。**

今话 学习是勤奋还是懒惰,只有自己知道。

古语 **力学如力耕,勤惰尔自知。**

今话 只要多读书,最终会有收获的时候。

古语 **但使书种多,会有岁稔时。**

今话 别人拥有宝剑,而我则有如刀之笔,每个人都有自己的优势。

古语 **别人怀宝剑,我有笔如刀。**

今话 年轻时就广泛阅读,会变得很优秀。

古语 **弱冠弄柔翰,卓荦观群书。**

今话 学习要一步一步来,通过反复阅读和深入思考来真正掌握知识。

古语 循序而渐进,熟读而精思。

今话 床头堆满书籍,沉浸读书。

古语 觅句新知律,摊书解满床。

今话 广泛阅读书籍,写文章时才会下笔流畅。

古语 读书破万卷,下笔如有神。

今话 你这个年龄应该大量读书。

古语 应须饱经术,已似爱文章。

今话 只有勤奋读书才能有所收获。

古语 读书勤乃有,不勤腹空虚。

| 今话 | 读书学习不能急于求成。

古语 **读书如树木,不可求骤长。**

| 今话 | 不用太多花费,但带来的好处非常多。

古语 **读书不破费,读书利万倍。**

| 今话 | 大家一起分析文章中的问题。

古语 **奇文共欣赏,疑义相与析。**

| 今话 | 温习旧知识时能有新收获,就可以凭借此当别人的老师了。

古语 **温故而知新,可以为师矣。**

| 今话 | 年轻要趁早努力,没有人永远年轻。

古语 **青春须早为,岂能长少年。**

| 今话 | 学习不应该停留在表面，而应该深入探究。 |

古语 学非探其花，要自拨其根。

| 今话 | 别人出去玩的时候，你刻苦读书，肯定能把知识学好。 |

古语 独下帷绝编，迨能倍诵乃止。

| 今话 | 人都会有疑惑。 |

古语 人非生而知之者，孰能无惑？

| 今话 | 经过长时间学习，知识足够用了，谁还笑话你没有知识呢？ |

古语 三冬今足用，谁笑腹空虚。

| 今话 | 书本就像良药，可以增长知识，开阔视野。 |

古语 书犹药也，善读之可以医愚。

| 今话 | 人的心灵需要书籍滋养才能保持活力。

古语 **鱼离水则身枯,心离书则神索。**

| 今话 | 抑制贪欲有益于身心,人生最快乐的事情莫过于读书。

古语 **养心莫若寡欲,至乐无如读书。**

| 今话 | 不学习就不容易增长才干。

古语 **非学无以广才,非志无以成学。**

| 今话 | 只有将学习和思考结合起来,才能获得真正的知识和智慧。

古语 **学而不思则罔,思而不学则殆。**

| 今话 | 有好的道理,不学习,也不能掌握其价值。

古语 **虽有至道,弗学,不知其善也。**

| 今话 | 学习读书不可过于贪多,贪多心易乱;学习需专心,吸收知识,丰富自己。

| 古语 | **案上不可多书,心中不可少书。**

| 今话 | 即使很聪明的人,不学习、不向其他人请教,也不会有所成就。

| 古语 | **智能之士,不学不成,不问不知。**

| 今话 | 即使你很聪明,但是不努力学习,也不能有所成就。

| 古语 | **人才虽高,不务学问,不能致圣。**

| 今话 | 好好积累知识,保持求知热情,要有耐心和恒心教导他人。

| 古语 | **默而识之,学而不厌,诲人不倦,何有于我哉?**

| 今话 | 在读书学习的过程中,要勤于提问。

| 古语 | **读书好问,一问不得,不妨再问。**

| 今话 | 好好积累知识，保持求知热情，要有耐心和恒心教导他人。 |
| 古语 | **书山有路勤为径，学海无涯苦作舟。** |

| 今话 | 在学习和教学中，我们能够发现自己的不足和理解不了的地方。 |
| 古语 | **是故学然后知不足，教然后知困。** |

| 今话 | 读书可以丰富精神世界。 |
| 古语 | **安居不用架高堂，书中自有黄金屋。** |

| 今话 | 如果想实现自己的志向，就赶紧勤奋读书吧！ |
| 古语 | **男儿欲遂平生志，六经勤向窗前读。** |

| 今话 | 学习时要善于思考，思考才能明白对错。 |
| 古语 | **人之进学在于思，思则能知是与非。** |

| 今话 | 人要不断学习新知识，才能时刻保持进步。

| 古语 | **问渠那得清如许？为有源头活水来。**

| 今话 | 要早起勤奋刻苦学习。

| 古语 | **三更灯火五更鸡，正是男儿读书时。**

| 今话 | 年轻的时候不知道勤奋学习，到老了后悔读书少就晚了。

| 古语 | **黑发不知勤学早，白首方悔读书迟。**

| 今话 | 读书时心、眼、口协调一致，才能提高学习效率和学习质量。

| 古语 | **读书有三到，谓心到、眼到、口到。**

| 今话 | 有了知识积累和充分准备，解决问题时才会轻松自如。

| 古语 | **向来枉费推移力，此日中流自在行。**

| 今话 | 即使年老视力减退,依然坚持读书。 |

古语 **灯前目力虽非昔,犹课蝇头二万言。**

| 今话 | 读书不要急于求成,要用心去学习,感受趣味。 |

古语 **读书切戒在慌忙,涵泳工夫兴味长。**

| 今话 | 学习中,难以理解的部分不必过于纠结,而与自己紧密相关的内容要深入思考。 |

古语 **未晓不妨权放过,切身须要急思量。**

| 今话 | 小时候可以享受童年的乐趣,长大必须读很多书。 |

古语 **年小从他爱梨栗,长成须读五车书。**

| 今话 | 有见识就会知道学无止境,不会稍微学点东西就自我满足。 |

古语 **有识则知学问无尽,不敢以一得自足。**

今话 书籍是我们的精神食粮,能够陪伴我们度过人生的各个阶段。

古语 书卷多情似故人,晨昏忧乐每相亲。

今话 读书要用心去悟,求学要有诚心,懂得尊重师长。

古语 读书好处心先觉,立雪深时道已传。

今话 即使物质条件贫乏,但通过读书,可以使人散发出一种内在的华贵气质。

古语 粗缯大布裹生涯,腹有诗书气自华。

今话 人们在年轻时应该发奋学习,读书是美好的事情。

古语 蹉跎莫遣韶光老,人生唯有读书好。

今话 读书可以获得心灵的滋养，不必过分追求外在的功名利禄。

古语 **闭户不求如意事，读书自得养心方。**

今话 专心读书时，发现时间过得很快，要珍惜时间。

古语 **读书不觉已春深，一寸光阴一寸金。**

今话 古人刻苦学习，告诫我们年轻时就要努力学习，将来才能成就一番事业。

古语 **古人学问无遗力，少壮工夫老始成。**

今话 通过反复阅读和不断思考来领悟书中的知识和智慧。

古语 **旧书不厌百回读，熟读深思子自知。**

| 今话 | 通过不断学习和阅读,我们才能提升自我,从而在社会中立足安身。 |

| 古语 | **立身以立学为先,立学以读书为本。** |

| 今话 | 自古以来勤奋才能变富,要想成才必须大量阅读。 |

| 古语 | **富贵必从勤苦得,男儿须读五车书。** |

| 今话 | 夜以继日,勤奋读书,努力工作。 |

| 古语 | **焚膏油以继晷,恒兀兀以穷年。** |

| 今话 | 年轻时努力是终身大事,时光匆匆逝去,不要放松自己的努力。 |

| 古语 | **少年辛苦终身事,莫向光阴惰寸功。** |

| 今话 | 我们要多读书,读书使人心灵纯净,没有杂念。 |

| 古语 | **眼前直下三千字,胸次全无一点尘。**

| 今话 | 学习中我们要懂得区分内容的好坏，从多个老师那里吸取知识。

| 古语 | **别裁伪体亲风雅，转益多师是汝师。**

| 今话 | 我们要刻苦学习，不计时日。

| 古语 | **读书不放一字过，闭户忽惊双鬓秋。**

| 今话 | 刻苦学习可以实现成功，不劳而获是不可能的。

| 古语 | **读书不下苦功，妄想显荣，岂有此理？**

| 今话 | 对于任何学问或技艺，仅仅知道它是不够的，更重要的是要热爱它。

| 古语 | **知之者不如好之者，好之者不如乐之者。**

| 今话 | 人不是天生就有知识，我们要不断追求和探索知识。

| 古语 | **我非生而知之者，好古，敏以求之者也。**

今话 那些经过精心背诵和深入理解的知识，能够让人终生铭记。

古语 **用力多者收功远，其所精诵，乃终身不忘也。**

今话 我们要通过学习和向他人请教来获取知识，没有人生来就知晓一切。

古语 **不学自知，不问自晓，古今行事，未之有也。**

今话 学习需要一个过程，最终目的是让学到的知识得到实践。

古语 **博学之，审问之，慎思之，明辨之，笃行之。**

今话 读新书，像得到良师益友一样；温旧书，就像在他乡遇到了故人。

古语 **读未见书，如得良友；见已读书，如逢故人。**

> **今话** 学习后知道自己的不足和困惑，才能反省和提升自己。

古语 **知不足，然后能自反也；知困，然后能自强也。**

> **今话** 读书才能理解事物的本质。

古语 **为学之道，莫先于穷理；穷理之要，必先于读书。**

> **今话** 想得多，吃不好，睡不好，对自己没什么好处，不如去学习。

古语 **吾尝终日不食，终夜不寝，以思，无益，不如学也。**

> **今话** 珍视光阴，懂得深入思考，不断学习，最后实践应用。

古语 **读书患不多，思义患不明。患足已不学，既学患不行。**

> **今话** 通过广泛学习和每日自省，才能知识渊博，行为端正。

> **古语** 故木受绳则直，金就砺则利，君子博学而日参省乎己，则知明而行无过矣。

| 今话 | 追求上进,不停下来。
| 古语 | **山不厌高,海不厌深。**

| 今话 | 人要勤劳努力去追求自己的目标。
| 古语 | **人生在勤,不索何获。**

| 今话 | 只要坚持,力量虽小也能做成艰难的事情。
| 古语 | **绳锯木断,水滴石穿。**

| 今话 | 朋友之间应该相互帮助,相互批评,共同进步。
| 古语 | **如切如磋,如琢如磨。**

| 今话 | 只要我们付出努力,就一定能克服困难,取得成功。
| 古语 | **精诚所至,金石为开。**

| 今话 | 有恒心就没有做不成功的事。

古语 **有恒则断无不成之事。**

| 今话 | 一个人应该树立远大的理想。

古语 **志当存高远。**

| 今话 | 困难的环境使人努力，舒适的环境使人懒惰。

古语 **生于忧患，死于安乐。**

| 今话 | 宁愿为正义事业死去，也不勉强活着。

古语 **宁为玉碎，不为瓦全。**

| 今话 | 拼尽全力去战斗，就会产生强大力量。

古语 **一卒毕力，百人不当。**

| 今话 | 大丈夫应该有大胸怀，有志向。 |
| 古语 | **丈夫志四海，万里犹比邻。** |

| 今话 | 虽然老了，但还是有志向。 |
| 古语 | **有谁知，鬓虽残，心未死。** |

| 今话 | 心怀大志的人态度积极，不会安于平淡。 |
| 古语 | **壮士怀愤激，安能守虚冲？** |

| 今话 | 大丈夫应该有远大志向，不拘小节。 |
| 古语 | **丈夫清万里，谁能扫一室。** |

| 今话 | 经过长时间努力和准备，期待证明自己。 |
| 古语 | **十年磨一剑，霜刃未曾试。** |

| 今话 | 在逆境中才能显现出真正的坚韧品质。

古语 **疾风知劲草。**

| 今话 | 想象是没用的，只有勤劳肯干，才能获得成功。

古语 **临渊羡鱼，不如退而结网。**

| 今话 | 不畏艰险，敢于攀登顶峰。

古语 **会当凌绝顶，一览众山小。**

| 今话 | 在困境中要保持平和的心态，等待转机。

古语 **行到水穷处，坐看云起时。**

| 今话 | 人们要有高尚的节操，即使遭受挫折也不改变初心。

古语 **愿君学长松，慎勿作桃李。**

| 今话 | 坚持不懈，最终会取得成功。 |
| 古语 | **只要功夫深，铁杵磨成针。** |

| 今话 | 大丈夫应该立志报效国家。 |
| 古语 | **丈夫不报国，终为愚贱人。** |

| 今话 | 即使在不利的环境下，也要凭借生命力活出精彩。 |
| 古语 | **苔花如米小，也学牡丹开。** |

| 今话 | 人们在面对苦难时，要保持坚定的意志。 |
| 古语 | **穷且益坚，不坠青云之志。** |

| 今话 | 无论生死，都应该有崇高的气节和英雄的风范。 |
| 古语 | **生当作人杰，死亦为鬼雄。** |

| 今话 | 拥有顽强的生命力，就很难被打败。

| 古语 | **野火烧不尽，春风吹又生。**

| 今话 | 要有不屈服，一直奋斗的精神。

| 古语 | **天行健，君子以自强不息。**

| 今话 | 只有不断努力，才能看得更多。

| 古语 | **欲穷千里目，更上一层楼。**

| 今话 | 不要过分担心前方的困难，总会有解决办法。

| 古语 | **莫愁千里路，自有到来风。**

| 今话 | 要不断培养和提升自己，以便未来能实现自己的理想。

| 古语 | **且养凌云翅，俯仰弄清音。**

| 今话 | 真的有能力，自然会受到人们的敬仰。
| 古语 | **自是桃李树，何畏不成蹊。**

| 今话 | 要有志向，使自己的作品或者思想能够流传。
| 古语 | **我志在删述，垂辉映千春。**

| 今话 | 如果一个人想做好一件事，必须先准备妥当。
| 古语 | **工欲善其事，必先利其器。**

| 今话 | 借助时势的力量，实现自己的理想。
| 古语 | **当风轻借力，一举入高空。**

| 今话 | 学问不应局限于书本，而要志在天地之间，学以致用，成就大事业。
| 古语 | **岂学书生辈，窗间老一经。**

| 今话 | 在困境中，才能真正看出一个人的坚韧。

古语 **岁寒，然后知松柏之后凋也。**

| 今话 | 不管年龄大小，都应该有远大抱负。

古语 **有志不在年高，无志空活百岁。**

| 今话 | 要有自信，不要看轻自己。

古语 **恢弘志士之气，不宜妄自菲薄。**

| 今话 | 有智慧的人不需要亲自出马，只需要做好前期准备。

古语 **运筹帷幄之中，决胜千里之外。**

| 今话 | 人应该心胸宽广，意志坚定，还有很长的路要走。

古语 **士不可以不弘毅，任重而道远。**

| 今话 | 对事业无私奉献和坚持。 |

古语 春蚕到死丝方尽,蜡炬成灰泪始干。

| 今话 | 男子要努力施展自己的志向,不要白白辜负上天赋予的身躯。 |

古语 男儿不展风云志,空负天生八尺躯。

| 今话 | 即使在恶劣的环境中,也能坚强生长。 |

古语 咬定青山不放松,立根原在破岩中。

| 今话 | 人们在面对困难和挑战时,要有坚持到底的勇气和毅力。 |

古语 千淘万漉虽辛苦,吹尽狂沙始到金。

| 今话 | 只有经过艰苦的磨炼,才能取得成功。 |

古语 不经一番寒彻骨,怎得梅花扑鼻香。

今话 在面对困难和挑战时,要有积极向上的心态,才会看到希望和未来。

古语 **沉舟侧畔千帆过,病树前头万木春。**

今话 经过千锤百炼也毫不畏惧。

古语 **千锤万凿出深山,烈火焚烧若等闲。**

今话 要想取得成功,必须经过长期的艰苦努力和勤奋学习。

古语 **云路鹏程九万里,雪窗萤火二十年。**

今话 人通过自己的努力可以改变命运。

古语 **歌曰人定兮胜天,半壁久无胡日月。**

今话 每个人的才华和价值都会有用的,即使钱财没了,也可以重新获得。

古语 **天生我材必有用,千金散尽还复来。**

| 今话 | 我们应该把国家和民族的利益放在首位。 |
| 古语 | 先天下之忧而忧,后天下之乐而乐。 |

| 今话 | 即使已经取得成绩,也要继续努力,达到更高成就。 |
| 古语 | 百尺竿头须进步,十方世界是全身。 |

| 今话 | 我们不应该满足于现状,应该懂得追求更高的目标。 |
| 古语 | 大鹏一日同风起,扶摇直上九万里。 |

| 今话 | 总有一天我们会实现我们的理想,要勇敢追求目标。 |
| 古语 | 长风破浪会有时,直挂云帆济沧海。 |

| 今话 | 无论经历什么磨难和打击,也要坚强,不倒下。 |
| 古语 | 千磨万击还坚劲,任尔东西南北风。 |

| 今话 | 我不是平凡的人,而是有抱负的人。 |

古语 仰天大笑出门去,我辈岂是蓬蒿人。

| 今话 | 只有经过艰苦的努力和磨炼,才能获得成功。 |

古语 宝剑锋从磨砺出,梅花香自苦寒来。

| 今话 | 人生短暂,专心做一件事,最终会有所成就。 |

古语 一个浑身有几何,学书不就学兵戈。

| 今话 | 人都会死,但要忠诚报国,宁死不屈。 |

古语 人生自古谁无死?留取丹心照汗青。

| 今话 | 智让人明理,仁让人无私,勇让人无畏。 |

古语 知者不惑,仁者不忧,勇者不惧。

| 今话 | 要想成为非常出色的人，必须经历世间万千风雨。 |

古语 要为天下奇男子，须历人间万里程。

| 今话 | 身体虽然慢慢老了，但心中报国的志气从来没有减少。 |

古语 逆胡未灭心未平，孤剑床头铿有声。

| 今话 | 男儿应当志在四方，为国效力。 |

古语 男儿何不带吴钩，收取关山五十州。

| 今话 | 年轻时不应懈怠，应该趁年轻去做一番大事业。 |

古语 青光好去莫惆怅，必斩长鲸须少壮。

| 今话 | 战士们经历过很多战斗，依然英勇坚守阵地。如果不彻底打败敌人，就不返回故土。 |

古语 黄沙百战穿金甲，不破楼兰终不还。

| 今话 | 要不拘泥于现实束缚,敢于追求极致。 |

古语 **俱怀逸兴壮思飞,欲上青天揽明月。**

| 今话 | 在艰苦环境中也要顽强,对未来充满美好的期待。 |

古语 **残雪压枝犹有橘,冻雷惊笋欲抽芽。**

| 今话 | 无论面前有什么障碍,都不畏惧,超越了它,才能看到更广阔的天地。 |

古语 **不畏浮云遮望眼,自缘身在最高层。**

| 今话 | 虽然老了,但仍然坚韧不屈。 |

古语 **荷尽已无擎雨盖,菊残犹有傲霜枝。**

| 今话 | 不必感叹遭遇困苦和磨难,人生的风浪从来就没有平息过。 |

古语 **莫叹遭逢磨蝎重,世间风浪几曾平?**

| 今话 | 即使目前处于困境,但仍相信未来会有转机。 |
| 古语 | 笼鸟上天犹有待,病龙兴雨岂无期。 |

| 今话 | 即使遭受冤屈,我也会坚定信念,不屈不挠。 |
| 古语 | 我心匪石情难转,志夺秋霜意不移。 |

| 今话 | 成功不仅需要明确的目标和高尚的品格,还需要勤奋学习。 |
| 古语 | 立志宜思真品格,读书须尽苦功夫。 |

| 今话 | 在追求理想的过程中,需要不断努力和完善自己,才能实现远大的目标。 |
| 古语 | 鸿鸟只思羽翼齐,点翅飞腾千万里。 |

| 今话 | 无名的时候,信念依然不变,继续努力学习,争取在未来取得成就。 |
| 古语 | 名不显时心不朽,再挑灯火看文章。 |

| 今话 | 在面对强敌时，也要英勇无畏。

古语 **旌蔽日兮敌若云，矢交坠兮士争先。**

| 今话 | 女人也可以成为英雄，不屈不挠，积极投身革命。

古语 **休言女子非英物，夜夜龙泉壁上鸣。**

| 今话 | 面对屠刀，我依然仰天大笑，慷慨赴死，不管是去是留，都肝胆相照、光明磊落。

古语 **我自横刀向天笑，去留肝胆两昆仑。**

| 今话 | 能认清时代潮流和现实形势的人才是真正杰出的人才。

古语 **识时务者为俊杰，通机变者为英豪。**

| 今话 | 即使在艰难困苦的环境中，也要保持高尚的气节和对国家的忠诚，不因困难而心灰意冷。

古语 **凌云气节，贯日精忠，艰难未许心灰。**

| 今话 | 虽然气氛悲凉，但壮士义无反顾献身。 |
| 古语 | **风萧萧兮易水寒，壮士一去兮不复还。** |

| 今话 | 即使到了中年，也不愿意放弃追求理想。 |
| 古语 | **人到中年万事休，我怎肯虚度了春秋。** |

| 今话 | 要活得有意义，即使面对死亡，也要死得有价值。 |
| 古语 | **人固有一死，或重于泰山，或轻于鸿毛。** |

| 今话 | 在面临诱惑时要坚守自己的原则和信念。 |
| 古语 | **志士不饮盗泉之水，廉者不受嗟来之食。** |

| 今话 | 对敌人充满恨意，拥有收复失地、战胜敌人的豪迈气概。 |
| 古语 | **臣子恨，何时灭！驾长车，踏破贺兰山缺。**

| 今话 | 在富贵时不放纵自己，贫贱时不改变自己的志向和节操，面对强权和武力时不屈服。 |

| 古语 | **富贵不能淫，贫贱不能移，威武不能屈。** |

| 今话 | 不要放弃，未来你一定能取得成功。 |

| 古语 | **即今江海一归客，他日云霄万里人。** |

| 今话 | 我们只要坚持不懈，就能克服困难，完成看似艰巨的任务。 |

| 古语 | **日日行，不怕千万里；常常做，不怕千万事。** |

| 今话 | 虽然年老，但仍然保持着远大的志向和不屈的精神。 |

| 古语 | **老骥伏枥，志在千里；烈士暮年，壮心不已。** |

| 今话 | 如果不行动，就保持沉默；一旦行动，就要全力以赴，达到惊人的成就。 |

| 古语 | **不飞则已，一飞冲天；不鸣则已，一鸣惊人。** |

| 今话 | 无论多么困难的事情，只要坚持，最终都会取得成功。

古语 锲而舍之，朽木不折；锲而不舍，金石可镂。

| 今话 | 无论经历怎样的挫折或压力，都要保持初心和本性。

古语 石可破也，而不可夺坚；丹可磨也，而不可夺赤。

| 今话 | 不要轻视细微的努力，因为成功往往是量变引起质变的结果。

古语 故不积跬步，无以至千里；不积小流，无以成江海。

| 今话 | 志向是一个人前进的动力源泉。

古语 学者志不立，一经患难，愈见消沮，所以要先立志。

| 今话 | 真正能够承担重大责任的人，必须拥有坚定的意志，不受外界环境和物质诱惑的影响。

古语 不为外撼，不以物移，而后可以任天下之大事。

| 今话 | 通过实践，我们可以打破主观的局限性，更全面地了解世界。

| 古语 | **不登高山，不知天之高也；不临深溪，不知地之厚也。**

| 今话 | 成功的关键在于主动立志并持续努力，而不是等待他人指引或外部帮助。

| 古语 | **人苟能自立志，则圣贤豪杰，何事不可为？何必借助于人？**

| 今话 | 做任何事，不轻易放弃或转移注意力，坚持才能见成效。

| 古语 | **凡人做一事，便须全副精神注在此一事，首尾不懈，不可见异思迁。**

| 今话 | 自古以来能够成就伟大功绩的人，不仅有超凡出众的才能，也一定要有坚韧不拔的意志。

| 古语 | **古之立大事者，不惟有超世之才，亦必有坚忍不拔之志。**

今话　成功并非一蹴而就,而是由小事积累而成,需要耐心和持续努力。

古语　合抱之木,生于毫末;九层之台,起于累土;千里之行,始于足下。

今话　伟大的事业和成就往往伴随极大的艰辛和挑战。

古语　天将降大任于是人也,必先苦其心志,劳其筋骨,饿其体肤,空乏其身,行拂乱其所为,所以动心忍性,曾益其所不能。

人生哲理

| 今话 | 谦虚使人进步，自满会带来损失。

古语 **满招损，谦受益。**

| 今话 | 我们应该对书本内容进行思考和判断，而不是盲目接受。

古语 **尽信书，则不如无书。**

| 今话 | 真正的快乐和荣誉来自内心的平和与自我实现。

古语 **至乐无乐，至誉无誉。**

| 今话 | 好的行为可以作为榜样，坏的行为可以作为警戒。

古语 **善可为法，恶可为戒。**

| 今话 | 不要用自己的主观意识去揣测他人的感受。

古语 **子非鱼，安知鱼之乐？**

| 今话 | 不因外物的好坏和自己的得失而或喜或悲。

古语 **不以物喜，不以己悲。**

| 今话 | 国家的兴衰与每个人都息息相关。

古语 **天下兴亡，匹夫有责。**

| 今话 | 不要把自己不愿意接受的事情强加到别人身上。

古语 **己所不欲，勿施于人。**

| 今话 | 为了做出明智的决策，我们应当广泛听取不同的声音。

古语 **兼听则明，偏信则暗。**

| 今话 | 真正有智慧的人不会轻易发表言论，而言辞滔滔的人往往并不洞悉事物本质。

古语 **知者不言，言者不知。**

| 今话 | 在应当果断决定时，不能优柔寡断，否则只会让事情更复杂。 |

| 古语 | **当断不断，反受其乱。** |

| 今话 | 人们遇到不公时，会通过各种方式表达出来。 |

| 古语 | **大凡物不得其平则鸣。** |

| 今话 | 在某处先有所失，在另一处终有所得。 |

| 古语 | **失之东隅，收之桑榆。** |

| 今话 | 言论有时可能只是表达个人观点，而听者应当从中引以为戒。 |

| 古语 | **言者无罪，闻者足戒。** |

| 今话 | 外界的帮助或借鉴，可以用来改进自己。 |

| 古语 | **他山之石，可以攻玉。** |

| 今话 | 能够了解他人的人是聪明的，而能够了解自己的人才是明智的。 |

古语 **知人者智，自知者明。**

| 今话 | 志向不同的人，不能共事。 |

古语 **道不同，不相为谋。**

| 今话 | 每个人都有可能犯错误。 |

古语 **人非圣贤，孰能无过。**

| 今话 | 事情常有一个良好的开始，但很少有能坚持到最后。 |

古语 **靡不有初，鲜克有终。**

| 今话 | 为人品德高尚，不需要自我宣传，自然会受到人们的尊重。 |

古语 **桃李不言，下自成蹊。**

今话 人不要不自量力。

古语 蚍蜉撼大树，可笑不自量。

今话 当事者看不清问题本质，旁观者看得更清楚。

古语 当局者迷，旁观者清。

今话 谁都会犯错，犯了错误能够及时改正，这是非常好的事情。

古语 人谁无过？过而能改，善莫大焉。

今话 真实可信的话往往不好听，而好听的话往往不真实可信。

古语 信言不美，美言不信。

今话 无论是在个人生活还是工作中，都需要有计划和准备。

古语 凡事豫则立，不豫则废。

| 今话 | 有志同道合的朋友从远方来，真是一件令人高兴的事情。 |

| 古语 | **有朋自远方来，不亦乐乎？** |

| 今话 | 高尚的节操会得到别人的重视，谦虚的品格会得到赞扬。 |

| 古语 | **高节人相重，虚心世所知。** |

| 今话 | 有和无相互依存、相互转化；难和易相互对立、相互成就。 |

| 古语 | **有无相生，难易相成。** |

| 今话 | 渴望实现抱负，却只能羡慕别人。 |

| 古语 | **坐观垂钓者，徒有羡鱼情。** |

| 今话 | 要想别人不知道自己做的事，除非自己不去做。 |

| 古语 | **若要人不知，除非己莫为。** |

今话 像这样听传闻，还不如什么都没听到。

古语 求闻之若此，不若无闻也。

今话 无论是个人还是群体，尊重他人是建立和谐关系的重要基础。

古语 君使臣以礼，臣事君以忠。

今话 对名利的追求要谨慎，因为名利常常会带来烦恼与祸患。

古语 莫言名与利，名利是身仇。

今话 即使到了晚年，依然可以有所作为。

古语 莫道桑榆晚，为霞尚满天。

今话 高洁的人不需要借助外力，也能声名远播。

古语 居高声自远，非是藉秋风。

| 今话 | 在与人交往时，不能只看表面现象。 |
| 古语 | **莫信直中直，须防人不仁。** |

| 今话 | 祸与福相互依存，二者可以互相转化。 |
| 古语 | **祸兮福所倚，福兮祸所伏。** |

| 今话 | 内心保持平静，就不会被外界所干扰。 |
| 古语 | **本来无一物，何处惹尘埃。** |

| 今话 | 人生短暂，生命无常。 |
| 古语 | **人生天地间，忽如远行客。** |

| 今话 | 享受当下，不要过于忧虑未来。 |
| 古语 | **生年不满百，常怀千岁忧。** |

今话 人生如旅，注定充满变数，我们不过是过客，随遇而安。

古语 人生如逆旅，我亦是行人。

今话 要养成节俭的生活习惯，避免对奢侈的过度追求。

古语 由俭入奢易，由奢入俭难。

今话 在有限的生命中，要看淡苦难，珍惜当下。

古语 人生如寄，何事辛苦怨斜晖。

今话 忧患操劳能够使国家兴盛，贪图安逸享乐会导致自身的衰败。

古语 忧劳可以兴国，逸豫可以亡身。

今话 不要忽视过去的经验，需要借鉴。

古语 鉴前世之兴衰，考当今之得失。

今话 学问的价值并非仅仅在于获取知识，更在于将知识运用到实际生活中。

古语 **学者贵于行之，而不贵于知之。**

今话 处理人际关系时，要保持一定的宽容和理解。

古语 **水至清则无鱼，人至察则无徒。**

今话 人在天地间是渺小的，人生是短暂的。

古语 **寄蜉蝣于天地，渺沧海之一粟。**

今话 有了天时和地利，如果人们无法团结一致，最终也难以取得成功。

古语 **天时不如地利，地利不如人和。**

今话 珍惜当下，因为生活中充满了无法预见的变化和风险。

古语 **天有不测风云，人有旦夕祸福。**

| 今话 | 事物在未达极致时的独特魅力，也是人们适度享受生活的智慧。

古语 **酒饮半酣正好，花开半吐偏妍。**

| 今话 | 珍惜青春和时光，及时行动，努力追求自己的理想与目标。

古语 **莫等闲，白了少年头，空悲切。**

| 今话 | 无论在顺境还是困境中，都不应掉以轻心。

古语 **居安思危，思则有备，有备无患。**

| 今话 | 人应该顺应自然规律，而不是试图改变它。

古语 **天行有常，不为尧存，不为桀亡。**

| 今话 | 做任何事情都不能急功近利。

古语 **欲速则不达，见小利则大事不成。**

| 今话 | 人生如同一场梦，虚幻而短暂。
| 古语 | **人生如梦，一尊还酹江月。**

| 今话 | 树立远大理想，追求理想过程中，不过分强求，即使事业有成了，也要保持低调。
| 古语 | **发上等愿，结中等缘，享下等福。**

| 今话 | 勇敢坚强，任何人都无法欺凌或击败他们。
| 古语 | **诚既勇兮又以武，终刚强兮不可凌。**

| 今话 | 珍惜眼前的美好时光与机会，不要等到失去了才后悔。
| 古语 | **花开堪折直须折，莫待无花空折枝。**

| 今话 | 人类情感中最深的哀伤就是生离和死别。
| 古语 | **世上万般哀苦事，无非死别与生离。**

| 今话 | 修身治学需要坚定的意志和持久的努力。 |

古语 淫慢则不能励精，险躁则不能治性。

| 今话 | 只有站在更高的角度或从不同的视野审视事物，才能真正了解其全貌。 |

古语 不识庐山真面目，只缘身在此山中。

| 今话 | 真诚的劝告不好听，但却有助于行为的改正；良药虽苦，却能治愈疾病。 |

古语 忠言逆耳利于行，良药苦口利于病。

| 今话 | 人为的恶行和错误会导致无法挽回的结局。 |

古语 天作孽，犹可违，自作孽，不可活。

| 今话 | 人生之路充满挑战，但只要坚持努力，总能找到解决之道。 |

古语 路漫漫其修远兮，吾将上下而求索。

| 今话 | 书本知识是表面的,只有通过亲自实践,才能真正理解和应用这些知识。

| 古语 | **纸上得来终觉浅,绝知此事要躬行。**

| 今话 | 知道的就说知道,不知道的就不要装作知道。

| 古语 | **知之为知之,不知为不知,是知也。**

| 今话 | 应顺应自然,不可刻意为之。

| 古语 | **人攀明月不可得,月行却与人相随。**

| 今话 | 不为世俗的喧嚣所扰,保持一颗宁静的心。

| 古语 | **逢人不说人间事,便是人间无事人。**

| 今话 | 遍观历代前贤治国治家的经验教训,成功多由勤俭,败亡皆因奢侈。

| 古语 | **历览前贤国与家,成由勤俭破由奢。**

今话 在为人处世时要保持善良，同时也要保持警惕。

古语 害人之心不可有，防人之心不可无。

今话 无论学习什么知识，都需要通过长期的积累，才能达到熟练。

古语 操千曲而后晓声，观千剑而后识器。

今话 一个人如果总是东想西想，就无法安定下来，从而导致一事无成。

古语 南思北想无安着，明镜催人白发多。

今话 无论多么艰难的处境，都有可能迎来新的机遇和转机。

古语 山重水复疑无路，柳暗花明又一村。

| 今话 | 明白世事,掌握其规律,这些都是学问;恰当地处理事情,懂得道理,总结出来的经验也是文章。 |

古语 世事洞明皆学问,人情练达即文章。

| 今话 | 在面对冲突时,采取宽容和忍让的态度,往往能够化解矛盾,使局面变得平静。 |

古语 忍一时风平浪静,退一步海阔天空。

| 今话 | 在与人交往时,不要把心里话全部说出来,要有所保留。 |

古语 逢人且说三分话,未可全抛一片心。

| 今话 | 不论在什么职位上,都应该有强烈的责任感和使命感。 |

古语 位卑未敢忘忧国,事定犹须待阖棺。

| 今话 | 我认为简朴和节俭才是真正美好的事物。 |
| 古语 | **众人皆以奢靡为荣，吾心独以俭素为美。** |

| 今话 | 只要心里没有烦恼，那么每一刻都是好时光。 |
| 古语 | **若无闲事挂心头，便是人间好时节。** |

| 今话 | 人生道路上困难重重，需要不断挑战。 |
| 古语 | **政入万山围子里，一山放出一山拦。** |

| 今话 | 高兴的事过去了也就没什么可值得高兴的了。一个人的名声一旦败坏，通常是因为做了有害的事情。我们要防微杜渐。 |
| 古语 | **快意事过非快意，自古败名因败事。** |

| 今话 | 生活中，拥有一位与自己心心相印的人一起度过时光比任何美好事物都更为珍贵。 |
| 古语 | **若待得君来向此，花前对酒不忍触。** |

| 今话 | 微小事情积累也可以形成祸患，过分沉迷于某些事情，智慧和勇气会受到限制。

| 古语 | **祸患常积于忽微，而智勇多困于所溺。**

| 今话 | 只有在平静的心态下，才能真正领略自然之美和生活的乐趣。

| 古语 | **万物静观皆自得，四时佳兴与人同。**

| 今话 | 博学广闻又坚持自己的志向，深切了解自己未悟之事并随时思考自己能及之事，就达到了仁的境界。

| 古语 | **博学而笃志，切问而近思，仁在其中矣。**

| 今话 | 只有保持真诚和专注，才能赢得他人的信任和尊重。

| 古语 | **真者，精诚之至也。不精不诚，不能动人。**

| 今话 | 即使遭遇风雨，依然能保持内心的平静和自在。
| 古语 | **竹杖芒鞋轻胜马，谁怕？一蓑烟雨任平生。**

| 今话 | 每个物体都有短处与长处，每个人都有优点与不足，智慧也有其局限之处。
| 古语 | **尺有所短，寸有所长；物有所不足，智有所不明。**

| 今话 | 内在的价值往往比外在的表象更为重要。
| 古语 | **山不在高，有仙则名；水不在深，有龙则灵。**

| 今话 | 如果能够理解宇宙的无限和生命的短暂，就不会再有危机感。
| 古语 | **无尽今来古往，多少春花秋月，那更有危机。**

| 今话 | 不断坚持才能避免技能和知识的退步。
| 古语 | **三日不读，口生荆棘；三日不弹，手生荆棘。**

| 今话 | 即使是聪明的人也有可能出错，而愚笨的人偶尔也能做出正确的判断。 |

古语 **智者千虑，必有一失；愚者千虑，必有一得。**

| 今话 | 无论遇到什么困难，都能以平常心对待。 |

古语 **回首向来萧瑟处，归去，也无风雨也无晴。**

| 今话 | 通过不断学习，我们可以超越原本的限制，达到更高的成就。 |

古语 **青，取之于蓝，而青于蓝；冰，水为之，而寒于水。**

| 今话 | 在日常生活和工作中，要保持廉洁、诚信和谦逊。 |

古语 **不贪财，不失信，不自是，有此三省，自然人皆敬重。**

> **今话** 不被外界所干扰，保持内心的宁静与平和，找到真正的自我。

> **古语** **宠辱不惊，看庭前花开花落；去留无意，望天上云卷云舒。**

> **今话** 要懂得向他人学习，选择其优点效仿，对其缺点则要自我反省并改正。

> **古语** **三人行，必有我师焉。择其善者而从之，其不善者而改之。**

> **今话** 每个阶段都有不同的特征和追求。

> **古语** **吾十有五而志于学，三十而立，四十而不惑，五十而知天命，六十而耳顺，七十而从心所欲，不逾矩。**

情感共鸣

> 今话　一天不见，就很想念你。

> 古语　**一日不见，如隔三秋。**

> 今话　美丽贤良的女子，男子想要寻求。

> 古语　**窈窕淑女，君子好逑。**

> 今话　思念爱人。

> 古语　**青青子衿，悠悠我心。**

> 今话　离别后很孤独痛苦。

> 古语　**一怀愁绪，几年离索。**

> 今话　人很憔悴、痛苦。

> 古语　**春如旧，人空瘦。**

| 今话 | 当初的山盟海誓还在，现在却无法再联系了。 |
| 古语 | **山盟虽在，锦书难托。** |

| 今话 | 如果我不去看你，你也不理我？ |
| 古语 | **纵我不往，子宁不嗣音？** |

| 今话 | 孤独登楼，充满离愁。 |
| 古语 | **无言独上西楼，月如钩。** |

| 今话 | 举起酒杯，邀请明月与自己共饮，加上自己的影子，形成了三个人。 |
| 古语 | **举杯邀明月，对影成三人。** |

| 今话 | 秋天天气转凉，感到寒意，思念家乡，还是故乡的月亮更明亮。 |
| 古语 | **露从今夜白，月是故乡明。**

| 今话 | 长期音信不通，担心家人遭遇不幸，越接近家乡越不安。 |

古语 近乡情更怯，不敢问来人。

| 今话 | 希望找到一个真心相爱的人，能够白头偕老，永不分离。 |

古语 愿得一心人，白头不相离。

| 今话 | 真挚的友情不受地理的限制。 |

古语 海内存知己，天涯若比邻。

| 今话 | 渴望在疾病痊愈后重新恢复力量，重新振作。 |

古语 落日心犹壮，秋风病欲苏。

| 今话 | 作者创作能力强，文字作品有很大影响力。 |

古语 笔落惊风雨，诗成泣鬼神。

| 今话 | 母爱无私伟大，儿子对母亲感恩。 |

古语 谁言寸草心，报得三春晖。

| 今话 | 虽然房屋简陋，但这里却常常有学识渊博的学者来往。 |

古语 谈笑有鸿儒，往来无白丁。

| 今话 | 人可以在广阔的世界中发挥自己的才华。 |

古语 海阔凭鱼跃，天高任鸟飞。

| 今话 | 希望亲人朋友们都能长寿健康，即使离得远也能一起欣赏月亮。 |

古语 但愿人长久，千里共婵娟。

| 今话 | 人与人之间相见的机会有限。 |

古语 人生不相见，动如参与商。

| 今话 | 听闻许多朋友离世的消息感到很悲痛。
| 古语 | **访旧半为鬼，惊呼热中肠。**

| 今话 | 即将与朋友分别，对未来感到茫然。
| 古语 | **明日隔山岳，世事两茫茫。**

| 今话 | 风景还在，昔日的人和事不复存在。
| 古语 | **风景今朝是，身世昔人非。**

| 今话 | 自己不与世俗争名逐利，保持内心纯净的情怀。
| 古语 | **无意苦争春，一任群芳妒。**

| 今话 | 希望思念家乡的书信像归雁一样飞到家乡。
| 古语 | **乡书何处达？归雁洛阳边。**

| 今话 | 游子满怀思乡之情。

古语 **夕阳西下，断肠人在天涯。**

| 今话 | 月亮升上柳树梢头的时候，正是约会的最佳时刻。

古语 **月上柳梢头，人约黄昏后。**

| 今话 | 明月从海平面缓缓升起，虽相隔天涯，却在同一轮明月下彼此牵挂。

古语 **海上生明月，天涯共此时。**

| 今话 | 想要登高望远，却再没有朋友送酒来，很伤感。

古语 **强欲登高去，无人送酒来。**

| 今话 | 离别时充满悲痛与无奈，两人握着手，含泪对视，悲痛得说不出话来。

古语 **执手相看泪眼，竟无语凝噎。**

| 今话 | 人的一生充满了悲伤与快乐、离别与团聚。 |
| 古语 | **人有悲欢离合，月有阴晴圆缺。** |

| 今话 | 离别的愁恨就像春天的野草一样，无论走到哪里，它都会不断生长。 |
| 古语 | **离恨恰如春草，更行更远还生。** |

| 今话 | 景物依旧，但人事已非，想要说出内心的悲痛，还未开口，泪水就先流了下来。 |
| 古语 | **物是人非事事休，欲语泪先流。** |

| 今话 | 自己的才能没有得到展现。 |
| 古语 | **我有明珠一颗，久被尘劳关锁。** |

| 今话 | 希望人们破除偏见，敢于创新和发现新的人才！ |
| 古语 | **我劝天公重抖擞，不拘一格降人才。** |

| 今话 | 看着深夜寒秋的景象,自己难以入睡,思念家乡。

古语 **月落乌啼霜满天,江枫渔火对愁眠。**

| 今话 | 虽然身处长江上下游,但见不到,很想念。

古语 **日日思君不见君,共饮长江水。**

| 今话 | 在黄昏时分已经感到孤独和愁苦,又刮风下雨,愁绪更加强烈。

古语 **已是黄昏独自愁,更著风和雨。**

| 今话 | 即使身体归于尘土,品格和精神依然可以长存。

古语 **零落成泥碾作尘,只有香如故。**

| 今话 | 经历过这种深刻的情感之后,再也难以接受其他的爱情。

古语 **曾经沧海难为水,除却巫山不是云。**

| 今话 | 即使重病躺在孤村中也不自怜，心中依然怀有为国家贡献的雄心。 |
| 古语 | **僵卧孤村不自哀，尚思为国戍轮台。** |

| 今话 | 躺在床上听着风雨的声音，梦中也心系国家。 |
| 古语 | **夜阑卧听风吹雨，铁马冰河入梦来。** |

| 今话 | 只因你在人群中多看了我一眼，我就再没有忘记你的容颜。 |
| 古语 | **只缘感君一回顾，使我思君朝与暮。** |

| 今话 | 我自作多情了。 |
| 古语 | **我本将心向明月，奈何明月照沟渠。** |

| 今话 | 希望你和我一样真诚。 |
| 古语 | **只愿君心似我心，定不负相思意。** |

| 今话 | 世间的情为何物，竟能让人以生死相许？ |

古语 **问世间，情为何物？直教生死相许。**

| 今话 | 牛郎织女的相会真美好。 |

古语 **金风玉露一相逢，便胜却人间无数。**

| 今话 | 虽然相隔较远，但是心灵相通。 |

古语 **身无彩凤双飞翼，心有灵犀一点通。**

| 今话 | 相见的时候难，离别的时候也难。 |

古语 **相见时难别亦难，东风无力百花残。**

| 今话 | 美好的过去，如今却只能成为怀念。 |

古语 **伤心桥下春波绿，曾是惊鸿照影来。**

| 今话 | 昔日的爱情、时光已经一去不返。

| 古语 | **几年回首梦云关，此日重来两鬓斑。**

| 今话 | 我对他的隐居生活感到悲哀。

| 古语 | **多不接世，悲守穷庐，将复何及！**

| 今话 | 我很关心朋友，只能托明月寄去问候。

| 古语 | **我寄愁心与明月，随风直到夜郎西。**

| 今话 | 思念朋友却很难相见。

| 古语 | **夜发清溪向三峡，思君不见下渝州。**

| 今话 | 正是江南美景，落花飘零的时候，又遇到了我的朋友。

| 古语 | **正是江南好风景，落花时节又逢君。**

| 今话 | 孤寂的夜晚，非常思念朋友，不能相见，只能长叹。

古语 **孤灯不明思欲绝，卷帷望月空长叹。**

| 今话 | 听到不知从哪里来的芦管声，出征的战士们很思念家乡。

古语 **不知何处吹芦管，一夜征人尽望乡。**

| 今话 | 我喜欢秋天胜过春天。

古语 **自古逢秋悲寂寥，我言秋日胜春朝。**

| 今话 | 与爱人永远相伴，不分离。

古语 **在天愿作比翼鸟，在地愿为连理枝。**

| 今话 | 无法确定什么时候回家。

古语 **君问归期未有期，巴山夜雨涨秋池。**

| 今话 | 期待未来与爱人、亲友团聚。 |

古语 **何当共剪西窗烛,却话巴山夜雨时。**

| 今话 | 心里难过,情感很迷茫。 |

古语 **春恨秋悲皆自惹,花容月貌为谁妍。**

| 今话 | 生命短暂无常,大自然有冷漠无情的一面。 |

古语 **落花有意随流水,流水无心恋落花。**

| 今话 | 彼此思念却不知道什么时候才能相见,夜晚心中充满思念。 |

古语 **相思相见知何日?此时此夜难为情。**

| 今话 | 天涯海角再遥远也有尽头,但相思之情却无穷无尽。 |

古语 **天涯地角有穷时,只有相思无尽处。**

| 今话 | 老朋友请你再饮一杯美酒，向西出了阳关就再难遇到故旧亲人。

| 古语 | **劝君更尽一杯酒，西出阳关无故人。**

| 今话 | 蜡烛仿佛也有惜别的心意，替离别的人流泪到天明。

| 古语 | **蜡烛有心还惜别，替人垂泪到天明。**

| 今话 | 一个人独自漂泊在他乡，每到节日之时，对家乡亲人的思念之情就会更加浓烈。

| 古语 | **独在异乡为异客，每逢佳节倍思亲。**

| 今话 | 那花儿落去我也无可奈何，那归来的燕子似曾相识。

| 古语 | **无可奈何花落去，似曾相识燕归来。**

| 今话 | 拔刀断水水却更加汹涌奔流，举杯消愁愁情却更加浓烈。

| 古语 | **抽刀断水水更流，举杯消愁愁更愁。**

今话　人生如果都像初次相遇那般相处该多美好，那样就不会有现在的离别相思凄凉之苦了。

古语　**人生若只如初见，何事秋风悲画扇。**

今话　离情别恨是人与生俱来的感情，与风花雪月无关。

古语　**人生自是有情痴，此恨不关风与月。**

今话　走得越远离愁越没有穷尽，就像那春江之水连绵不断。

古语　**离愁渐远渐无穷，迢迢不断如春水。**

今话　分别后不知你的行程远近，满目凄凉心中有说不尽的苦闷。

古语　**别后不知君远近，触目凄凉多少闷。**

今话　姑娘不知去向何处，只有桃花依旧在春风中绽放。

古语　**人面不知何处去，桃花依旧笑春风。**

| 今话 | 整夜沉浸在相思中，梅花一夜之间绽放，伸到窗前，恍惚以为是故人归来。 |

古语 **相思一夜梅花发，忽到窗前疑是君。**

| 今话 | 即便相思毫无益处，也愿意痴情到底，落得个终生惆怅的悲情。 |

古语 **直道相思了无益，未妨惆怅是清狂。**

| 今话 | 感情如果能够长久，不一定非要每天联系见面。 |

古语 **两情若是久长时，又岂在朝朝暮暮。**

| 今话 | 这份感情错过了，很遗憾。 |

古语 **此情可待成追忆，只是当时已惘然。**

| 今话 | 困难已经过去，继续向前。 |

古语 **两岸猿声啼不住，轻舟已过万重山。**

| 今话 | 她回头一笑很美丽,很吸引人。 |
| 古语 | **回眸一笑百媚生,六宫粉黛无颜色。** |

| 今话 | 不能说出来,别人不知道,只有两个人彼此知道这份情感。 |
| 古语 | **不得语,暗相思,两心之外无人知。** |

| 今话 | 即使十年生死相隔,但还是很思念,不能忘记。 |
| 古语 | **十年生死两茫茫,不思量,自难忘。** |

| 今话 | 我们之间的友谊无价。 |
| 古语 | **行来北凉岁月深,感君贵义轻黄金。** |

| 今话 | 我心中充满了忧愁,很无奈。 |
| 古语 | **天无涯兮地无边,我心愁兮亦复然。** |

| 今话 | 他在创作中充满洒脱与激情。 |
| 古语 | **兴酣落笔摇五岳，诗成笑傲凌沧海。** |

| 今话 | 人的生命有限，自然界中的江河却是一直流淌的。 |
| 古语 | **尔曹身与名俱灭，不废江河万古流。** |

| 今话 | 今夜看着月亮，不知道谁会有思愁。 |
| 古语 | **今夜月明人尽望，不知秋思落谁家。** |

| 今话 | 看着天空中的白鹤，感觉秋日胜春朝。 |
| 古语 | **晴空一鹤排云上，便引诗情到碧霄。** |

| 今话 | 同样是相同遭遇的人，不需要以前认识，现在能共情就够了。 |
| 古语 | **同是天涯沦落人，相逢何必曾相识。** |

| 今话 | 即使是天长地久也总会有尽头,但生死遗恨却没有尽期。 |

| 古语 | **天长地久有时尽,此恨绵绵无绝期。** |

| 今话 | 今日一定要一醉方休,此次出征为国效力,本来就没准备活着回来。 |

| 古语 | **醉卧沙场君莫笑,古来征战几人回?** |

| 今话 | 年轻一代在才华和成就上超越前辈,后浪推前浪。 |

| 古语 | **桐花万里丹山路,雏凤清于老凤声。** |

| 今话 | 为了她,我甘愿变得憔悴。 |

| 古语 | **衣带渐宽终不悔,为伊消得人憔悴。** |

| 今话 | 不要担心没有知己,天下有谁不认识你呢? |

| 古语 | **莫愁前路无知己,天下谁人不识君?** |

| 今话 | 她情窦初开后，突然陷入相思的无奈与痛苦。 |

古语 **平生不会相思，才会相思，便害相思。**

| 今话 | 自古以来，多情的人总是为离别而伤感，更何况是在这冷清、凄凉的秋天。 |

古语 **多情自古伤离别，更那堪，冷落清秋节！**

| 今话 | 因为忧愁、思念，人变得消瘦。 |

古语 **莫道不销魂，帘卷西风，人比黄花瘦。**

| 今话 | 同样的相思之情，但分隔两地的我们各自怀着愁绪。 |

古语 **花自飘零水自流。一种相思，两处闲愁。**

| 今话 | 这相思的愁苦实在无法排遣，刚从眉间消失，又缠绕上了心头。 |

古语 **此情无计可消除，才下眉头，却上心头。**

| 今话 | 从早晨到晚上一直在看着天色云霞，走路时想念你啊，坐着时也是想念你。

古语 晓看天色暮看云，行也思君，坐也思君。

| 今话 | 了解我的人才懂我。

古语 知我者，谓我心忧，不知我者，谓我何求。

| 今话 | 有一位美丽的女子，我见了她之后不能忘记，一天不见，就很难受。

古语 有一美人兮，见之不忘。一日不见兮，思之如狂。

| 今话 | 离别不仅痛苦，还有很多说不明白的情感。

古语 剪不断，理还乱，是离愁，别是一般滋味在心头。

| 今话 | 我在人群中寻找她，猛然回头，不经意看见了她。

古语 众里寻他千百度。蓦然回首，那人却在，灯火阑珊处。

道德力量

| 今话 | 做多了坏事，最终会自取灭亡。

古语 **多行不义必自毙。**

| 今话 | 有道德的人不会孤立，一定会有志同道合的人与他相处。

古语 **德不孤，必有邻。**

| 今话 | 除去一个恶人或一种恶势力，善行就会增长十倍。

古语 **锄一恶，长十善。**

| 今话 | 警示人们行为端正。

古语 **举头三尺有神明。**

| 今话 | 做人要讲诚信，说到做到。

古语 **言必信，行必果。**

| 今话 | 作恶的人最终会受到惩罚。 |
| 古语 | **天网恢恢，疏而不漏。** |

| 今话 | 心里所想的要与实际行动一致。 |
| 古语 | **内外相应，言行相称。** |

| 今话 | 天下应该是公正的。 |
| 古语 | **大道之行，天下为公。** |

| 今话 | 有道德的人才会得到帮助。 |
| 古语 | **得道者多助，失道者寡助。** |

| 今话 | 人活着要有道德规范。 |
| 古语 | **人而无仪，不死何为。** |

| 今话 | 如果不注重生活中的小节，最终会损害一个人的道德大节。 |

古语 不矜细行，终累大德。

| 今话 | 德行像高山一样令人敬仰，行为像大道一样正大光明。 |

古语 高山仰止，景行行止。

| 今话 | 真正的勇敢和智慧往往不显露，而是隐藏在低调和谦逊之中。 |

古语 大勇若怯，大智若愚。

| 今话 | 人不要言过其实，要言行一致。 |

古语 君子耻其言而过其行。

| 今话 | 仁者和智者有不同的追求。 |

古语 仁者乐山，智者乐水。

| 今话 | 别人给我东西，我也要回报对方。 |

古语 **投我以桃，报之以李。**

| 今话 | 学好很难，学坏却容易。 |

古语 **从善如登，从恶如崩。**

| 今话 | 要自觉遵循道德规范。 |

古语 **道之以德，齐之以礼。**

| 今话 | 人要讲信用，不讲信用是不行的。 |

古语 **人而无信，不知其可也。**

| 今话 | 人要具备高尚的道德品质，不轻易被外界的诱惑所动摇。 |

古语 **道德当身，故不以物惑。**

| 今话 | 只要自己做事光明磊落，问心无愧，就不会有忧愁和恐惧。 |

古语 内省不疚，夫何忧何惧？

| 今话 | 人要有像大海一样的广阔胸怀。 |

古语 海纳百川，有容乃大。

| 今话 | 人如果能克制私欲，就会无所畏惧。 |

古语 壁立千仞，无欲则刚。

| 今话 | 内心要清净，秉持正道才能做好事。 |

古语 清心为治本，直道是身谋。

| 今话 | 君子遇到问题时，总是先从自身找原因；而小人则总是把责任推到他人身上。 |

古语 君子求诸己，小人求诸人。

今话 德行是根本，财富是枝节。

古语 **德者，本也；财者，末也。**

今话 正直的道路会逐渐变得光明，而邪恶的阴谋则难以掩盖和隐藏。

古语 **直道渐光明，邪谋难盖覆。**

今话 君子光明磊落、心胸坦荡，小人则斤斤计较、患得患失。

古语 **君子坦荡荡，小人长戚戚。**

今话 君子懂得的是道义，小人懂得的是利益。

古语 **君子喻于义，小人喻于利。**

今话 一旦答应了别人的事情，就一定会做到。

古语 **一诺千金重。**

| 今话 | 一个人许下的诺言却始终不可改变。 |

古语 海岳尚可倾，吐诺终不移。

| 今话 | 轻易许下的诺言往往难以兑现，把事情看得过于容易，往往会在实践中遇到更多的困难。 |

古语 轻诺必寡信，多易必多难。

| 今话 | 远离恶行，要懂得孝顺父母。 |

古语 万恶淫为首，百行孝为先。

| 今话 | 孝顺要通过实际行动来体现。 |

古语 孝在于质实，不在于饰貌。

| 今话 | 无法回报母亲的养育之恩。 |

古语 十月胎恩重，三生报答轻。

| 今话 | 君子要有深厚的德行。 |

古语 **地势坤，君子以厚德载物。**

| 今话 | 真正的君子，即使别人不了解自己，也不生气。 |

古语 **人不知而不愠，不亦君子乎？**

| 今话 | 通过不正当手段获得的地位和财富，对我来说不值得追求。 |

古语 **不义而富且贵，于我如浮云。**

| 今话 | 君子乐于帮助他人实现美好的愿望，但绝不会助长或参与他人的恶行。 |

古语 **君子成人之美，不成人之恶。**

| 今话 | 见到善行急切学习，见到恶行迅速避开。 |

古语 **见善如不及，见不善如探汤。**

| 今话 | 君子应当看到他人的优点,而不随便说别人的坏话。

古语 **君子不蔽人之美,不言人恶。**

| 今话 | 愿意体谅他人需求的人,更容易与群体和谐相处。

古语 **屈己者能处众。**

| 今话 | 礼仪和道德能滋养人的内心。

古语 **衣食以厚民生,礼义以养其心。**

| 今话 | 多从自己身上找原因,而不是一味指责他人,就能减少怨恨和矛盾。

古语 **躬自厚而薄责于人,则远怨矣。**

| 今话 | 不要因为贫困而悲伤,也不要为富贵而匆忙追求。

古语 **不戚戚于贫贱,不汲汲于富贵。**

| 今话 | 要把名利看淡些，明确自己的志向。 |

古语 非淡泊无以明志，非宁静无以致远。

| 今话 | 在困境中，应专注于自我修养；在顺境中，应该为社会贡献力量。 |

古语 穷则独善其身，达则兼善天下。

| 今话 | 内在品质比外在更重要。 |

古语 行高者名自高，人所重非貌高。

| 今话 | 知道自己的不足是求学的动力；认为向他人请教是耻辱的人必定自满。 |

古语 知不足者好学，耻下问者自满。

| 今话 | 君子心境平和不傲慢，小人傲慢，做不到平和坦荡。 |

古语 君子泰而不骄，小人骄而不泰。

| 今话 | 要珍惜和感恩和自己共渡难关的人。 |

古语 **贫贱之知不可忘，糟糠之妻不下堂。**

| 今话 | 真正有智慧的人不张扬。 |

古语 **大直若屈，大巧若拙，大辩若讷。**

| 今话 | 看到有德行的人，希望与他看齐；看到没有德行的人，就要反省自己是否有类似的缺点。 |

古语 **见贤思齐焉，见不贤而内自省也。**

| 今话 | 无论善行还是恶行，迟早都会得到应有的结果。 |

古语 **善恶到头终有报，只争来早与来迟。**

| 今话 | 人们不能通过外表来判断一个人。 |

古语 **画虎画皮难画骨，知人知面不知心。**

| 今话 | 君子之间的交情是纯粹的，小人之间的交往带有功利性。 |
| 古语 | **君子之交淡如水，小人之交甘若醴。** |

| 今话 | 君子能够与他人保持和谐关系，且思想独立。小人没有自己的独立见解，不能与他人保持融洽关系。 |
| 古语 | **君子和而不同，小人同而不和。** |

| 今话 | 要有远大的理想，敢于清除不良的东西。 |
| 古语 | **新松恨不高千尺，恶竹应须斩万竿。** |

| 今话 | 她有牺牲自我，培育新生的奉献精神。 |
| 古语 | **落红不是无情物，化作春泥更护花。** |

| 今话 | 静心修养品德，节俭培养道德。 |
| 古语 | **夫君子之行，静以修身，俭以养德。** |

| 今话 | 即使在逆境中，依然要坚守道德底线。 |
| 古语 | **粉骨碎身浑不怕，要留清白在人间。** |

| 今话 | 人天生是善良的，但后天的经历会让人有不同的表现。 |
| 古语 | **人之初，性本善。性相近，习相远。** |

| 今话 | 人如果不进行教育，本性就会发生变化。 |
| 古语 | **苟不教，性乃迁。教之道，贵以专。** |

| 今话 | 人如果不学习，就无法懂得道理。 |
| 古语 | **玉不琢，不成器；人不学，不知义。** |

| 今话 | 不要因为坏事看似很小就去做，也不要因为善事看似微不足道就不去做。 |
| 古语 | **勿以恶小而为之，勿以善小而不为。** |

| 今话 | 不要只追求艳丽的外表，要树立高尚的品格。

古语 **不要人夸颜色好，只留清气满乾坤。**

| 今话 | 作为子女，应该孝敬父母；作为父亲，应该爱子女。

古语 **为人子，止于孝。为人父，止于慈。**

| 今话 | 人要追求诚信。

古语 **诚者，天之道也；思诚者，人之道也。**

| 今话 | 爱和尊敬别人都是相互的。

古语 **爱人者，人恒爱之；敬人者，人恒敬之。**

| 今话 | 礼法很重要。

古语 **人无礼则不生，事无礼则不成，国家无礼则不宁。**

| 今话 | 管理者要行为端正，如果不端正，即使发布命令，被管理者也不会服从。 |
| 古语 | **其身正，不令而行；其身不正，虽令不从。** |

| 今话 | 礼、义、廉、耻是维系国家的基本道德准则。 |
| 古语 | **礼义廉耻，国之四维，四维不张，国乃灭亡。** |

| 今话 | 礼法、道义、利益和民生之间有密切联系。 |
| 古语 | **礼以行义，义以生利，利以平民，政之大节也。** |

| 今话 | 人们要品德高尚，有才能，追求诚信互助。 |
| 古语 | **大道之行也，天下为公，选贤与能，讲信修睦。** |

| 今话 | 尊敬自己的老人也尊敬其他老人，爱自己的孩子也爱其他孩子。 |
| 古语 | **老吾老以及人之老，幼吾幼以及人之幼。** |

[今话] 善良是最宝贵的品质，要多做善事。

[古语] 善为至宝，一生用之不尽；心作良田，百世耕之有余。

[今话] 在人际交往中，应当以礼相待，有来有往。

[古语] 礼尚往来。往而不来，非礼也；来而不往，亦非礼也。

[今话] 人们要懂得为社会多做贡献。

[古语] 为天地立心，为生民立命，为往圣继绝学，为万世开太平。

[今话] 君子在做了善事后，不夸耀，才更高尚。

[古语] 君子能扶人之危，周人之急，固是美事，能不自夸，则善矣。

[今话] 人要懂得通过自我反省来提升道德品质，交朋友要讲诚信。

[古语] **吾日三省吾身，为人谋而不忠乎？与朋友交而不信乎？传不习乎？**

自然颂歌

今话 秋天有桂花,夏季有数里面积荷花。

古语 有三秋桂子,十里荷花。

今话 泛舟时身处烟水中,看到夕阳西下。

古语 烟水茫茫,千里斜阳暮。

今话 风能吹落秋天的树叶,也能吹开春天的花朵。

古语 解落三秋叶,能开二月花。

今话 江水好像要流向天地外,两岸的山色在云中似有似无。

古语 江流天地外,山色有无中。

今话 山上松树挺拔,在寒风中依然挺立。

古语 亭亭山上松,瑟瑟谷中风。

| 今话 | 树都显示秋天来了，山都笼罩在夕阳的余晖中。 |

古语 **树树皆秋色，山山唯落晖。**

| 今话 | 在山顶抬头看红日，低头看到白云在脚下。 |

古语 **举头红日近，回首白云低。**

| 今话 | 月亮倒映在长江水中，像天上来的镜子，云彩结成了海市蜃楼般的景色。 |

古语 **月下飞天镜，云生结海楼。**

| 今话 | 大自然给了泰山神奇和秀丽的景色。 |

古语 **造化钟神秀，阴阳割昏晓。**

| 今话 | 看到泰山云雾缭绕，内心心潮澎湃，睁大眼睛只为看那些归巢的鸟儿。 |

古语 **荡胸生曾云，决眦入归鸟。**

| 今话 | 广袤的沙漠中，一缕烽烟笔直升起；蜿蜒的黄河上，落日低垂，浑圆壮丽。 |

| 古语 | **大漠孤烟直，长河落日圆。** |

| 今话 | 江水很绿，显得鸟儿更白了；山色青翠，映衬得花儿仿佛要燃烧起来。 |

| 古语 | **江碧鸟逾白，山青花欲燃。** |

| 今话 | 秋天的山变得不那么绿了，秋天的水不停地流。 |

| 古语 | **寒山转苍翠，秋水日潺湲。** |

| 今话 | 春日里雨水充沛，夏天云彩经常变化。 |

| 古语 | **春水满四泽，夏云多奇峰。** |

| 今话 | 黄河挟带大量泥沙，波涛汹涌，从遥远的天边奔腾而来。 |

| 古语 | **九曲黄河万里沙，浪淘风簸自天涯。** |

| 今话 | 在江上看到春日的青山远隔，山下的晚霞铺满天际。

古语 **江上春山远，山下暮云长。**

| 今话 | 夏天的夕阳从西边落下，池边的月亮从东边升起。

古语 **山光忽西落，池月渐东上。**

| 今话 | 绿色的植被展现出秀丽的景色，很多白云在高山上停留。

古语 **春晚绿野秀，岩高白云屯。**

| 今话 | 庐山的景色很美，山间的云雾与水汽形成一片迷蒙的景象。

古语 **灵山多秀色，空水共氤氲。**

| 今话 | 江水蜿蜒曲折，是青色的，山峰翠绿。

古语 **江作青罗带，山如碧玉簪。**

| 今话 | 星星在天际，显得原野更加广阔；月亮倒映在江面上，大江奔流不息。 |

古语 **星垂平野阔，月涌大江流。**

| 今话 | 山峦消失，眼前出现一片平坦广阔的原野，长江奔腾不息，流入荒原。 |

古语 **山随平野尽，江入大荒流。**

| 今话 | 秋雨过后，山色在晴空映衬下显得格外青绿。 |

古语 **秋雨一何碧，山色倚晴空。**

| 今话 | 长江很清澈，青翠的山峰聚集在一起。 |

古语 **千里澄江似练，翠峰如簇。**

| 今话 | 田野间的小路被黑云笼罩，只有江上的渔船灯火明亮。 |

古语 **野径云俱黑，江船火独明。**

| 今话 | 采菊花时,不经意间看见了南山的美景。

古语 **采菊东篱下,悠然见南山。**

| 今话 | 山峦青翠,江水清澈,而白草、红叶、黄花展现出秋天的多彩与生机。

古语 **青山绿水,白草红叶黄花。**

| 今话 | 群鸟飞走了,直到看不见;孤独的云彩也悠闲地飘走。

古语 **众鸟高飞尽,孤云独去闲。**

| 今话 | 蝉声很大,树林却显得很宁静,鸟儿一直在叫,深山里倒比往常更清幽。

古语 **蝉噪林逾静,鸟鸣山更幽。**

| 今话 | 雨后的彩虹渐渐消散,乌鸦带着夕阳的余晖归巢。

古语 **虹随馀雨散,鸦带夕阳归。**

| 今话 | 人在落花中独自站立,燕子双飞在微小的雨中。 |

古语 **落花人独立,微雨燕双飞。**

| 今话 | 秋天橘柚成熟,梧桐叶落。 |

古语 **人烟寒橘柚,秋色老梧桐。**

| 今话 | 韭菜在春风中长得翠绿,稻田飘着稻花的清香。 |

古语 **一畦春韭绿,十里稻花香。**

| 今话 | 风中的落叶一会儿聚集,一会儿散开;寒鸦在树枝上被风吹动的声音惊醒。 |

古语 **落叶聚还散,寒鸦栖复惊。**

| 今话 | 在山与天相接的地方,炊烟升起;透过竹林的缝隙,可以看到落日的余晖。 |

古语 **山际见来烟,竹中窥落日。**

| 今话 | 秋日的傍晚,红叶在风中响,我在长亭中独自饮酒。

古语 **红叶晚萧萧,长亭酒一瓢。**

| 今话 | 夜里吹来暖南风,地里小麦变黄熟了。

古语 **夜来南风起,小麦覆陇黄。**

| 今话 | 兰草在春天茂盛,桂花在秋天皎洁。

古语 **兰叶春葳蕤,桂华秋皎洁。**

| 今话 | 泥土湿润,燕子飞来飞去筑巢;沙滩温暖,鸳鸯成双成对地睡在上面。

古语 **泥融飞燕子,沙暖睡鸳鸯。**

| 今话 | 田里的荷叶刚刚露出水面,荷花含苞待放,宛如娇嫩的少女。

古语 **田田初出水,菡萏念娇蕊。**

| 今话 | 许多花长在一个树枝上,必然会早凋谢。桃李开花虽很美,但不如松柏能四季常青。 |

古语 **开花必早落,桃李不如松。**

| 今话 | 园中的葵菜郁郁葱葱,清晨的露水在阳光下蒸发。 |

古语 **青青园中葵,朝露待日晞。**

| 今话 | 荷花生长在深深的水中,雨过后,荷花散发出清新的香气。 |

古语 **荷深水风阔,雨过清香发。**

| 今话 | 在窗前对着酒杯,四周的芙蓉花盛开。 |

古语 **当轩对尊酒,四面芙蓉开。**

| 今话 | 门前两边种着梅树和柳树,盛开的梅花串成一条。 |

古语 **梅柳夹门植,一条有佳花。**

> 今话　人们还没有察觉到时光的流逝，后园的梅花已经悄然绽放。

古语　风光人不觉，已著后园梅。

> 今话　阴雨使深院中的菊花凋零，严霜将半池的莲叶摧折倾倒。

古语　雨荒深院菊，霜倒半池莲。

> 今话　清晨，霜露使枫叶变得红艳如醉；淡淡的月光下，白色的芦花若隐若现。

古语　清霜醉枫叶，淡月隐芦花。

> 今话　江边的柳树倒映在水面上，形成影子；梅花在雪中凋谢，枝头只剩下残雪。

古语　柳垂江上影，梅谢雪中枝。

| 今话 | 坐卧之间，荷花的香气弥漫，湖水的景色映照着清晨与黄昏的交替。 |

古语 **荷香随坐卧，湖色映晨昏。**

| 今话 | 远远望去，墙角的梅花洁白如雪，但那不是雪，因为有梅花的幽香飘来。 |

古语 **遥知不是雪，为有暗香来。**

| 今话 | 像刚出清水的芙蓉花一样，质朴纯洁，毫无雕琢装饰。 |

古语 **清水出芙蓉，天然去雕饰。**

| 今话 | 只有远山连绵，重峦叠嶂；山间白云缭绕，变幻无常；清晨的山峦在晨曦中显得青翠欲滴。 |

古语 **但远山长，云山乱，晓山青。**

| 今话 | 荷花盛开后的西湖风光格外美丽，人们划着船载着酒宴前来游玩。

| 古语 | **荷花开后西湖好，载酒来时。**

| 今话 | 在东篱边饮酒直到黄昏以后，菊花的淡淡清香弥漫在衣袖之间。

| 古语 | **东篱把酒黄昏后，有暗香盈袖。**

| 今话 | 田间小路上风景最美的地方，第一枝寒梅傲然绽放，吐露芬芳。

| 古语 | **陌上风光浓处。第一寒梅先吐。**

| 今话 | 缓缓流逝的秋光无法挽留，台阶上落满了红叶，暮色渐浓。

| 古语 | **冉冉秋光留不住，满阶红叶暮。**

| 今话 | 风急之时，桃花也仿佛生出愁绪，花瓣随风飘落，如同点点红雨洒落人间。 |

古语 **风急桃花也似愁，点点飞红雨。**

| 今话 | 陡峭的绿崖有千丈余高，草木如同被削出的翠玉；落日的余晖洒在江面上，仿佛融化的黄金。 |

古语 **千丈悬崖削翠，一川落日镕金。**

| 今话 | 雨后的西湖，天边的残霞在湖面上映照得格外明亮，远处的小山若隐若现，只有三四座。 |

古语 **隔水残霞明冉冉，小山三四点。**

| 今话 | 明亮的月光惊醒了栖息在枝头的喜鹊；半夜里，清凉的晚风送来远处的蝉鸣声。 |

古语 **明月别枝惊鹊，清风半夜鸣蝉。**

今话 东风吹拂着柳枝,白昼逐渐变长,雨后初晴的斜阳映照着芳草,展现出一幅春日的慵懒与宁静。

古语 东风吹柳日初长,雨余芳草斜阳。

今话 在稻花的香气中,人们谈论着丰收的年景,耳边传来一片蛙鸣,仿佛也在为丰收而歌唱。

古语 稻花香里说丰年,听取蛙声一片。

今话 两岸青山连绵不绝,晚风吹来,落花如雨般飘落,词人竟迷失了来时的路。

古语 山无数。乱红如雨。不记来时路。

今话 夕阳的余晖洒在江面上,波光粼粼,江水一半呈现出深深的碧色,另一半则被夕阳染成了红色。

古语 一道残阳铺水中,半江瑟瑟半江红。

| 今话 | 香炉峰在阳光的照射下升起紫色的烟霞，从远处看去，瀑布如同一条巨大的白色绸缎悬挂于山前。 |

古语 **日照香炉生紫烟，遥看瀑布挂前川。**

| 今话 | 农历二月，大地回暖，小草开始生长，黄莺在空中飞舞。长长的柳枝随风飘动，轻轻拂过堤岸，仿佛被春天的烟雾熏得微微醉了。 |

古语 **草长莺飞二月天，拂堤杨柳醉春烟。**

| 今话 | 绿树葱郁，树阴浓郁，夏日显得格外漫长；楼台的倒影清晰地映入池塘之中。 |

古语 **绿树阴浓夏日长，楼台倒影入池塘。**

| 今话 | 庭院中的树木似乎不知道人们已经离去，春天到来时，依然开出了如往日的花朵。 |

古语 **庭树不知人去尽，春来还发旧时花。**

> 今话　绿叶繁茂，树荫浓郁，遍布池塘和水边的亭台楼阁，这里是最能享受清凉的地方。

> 古语　**绿叶阴浓，遍池亭水阁，偏趁凉多。**

> 今话　遥想千里平野上，喝够了水的稻子一定是葱绿一片；于是觉得五更天的雨水敲打着梧桐，是那么地动听。

> 古语　**千里稻花应秀色，五更桐叶最佳音。**

> 今话　两岸原野落花缤纷，将船只都映红，沿着长满榆树的大堤，半日工夫就到了百里以外的地方。

> 古语　**飞花两岸照船红，百里榆堤半日风。**

> 今话　春风不懂得去管束杨花柳絮，它好似那蒙蒙细雨向行人的脸上扑面而来。

> 古语　**春风不解禁杨花，濛濛乱扑行人面。**

今话 荷叶铺展开去，一片无边无际的青翠碧绿，像与天相接，阳光下的荷花分外鲜艳娇红。

古语 **接天莲叶无穷碧，映日荷花别样红。**

今话 高崖上飞腾直落的瀑布好像有几千尺，让人怀疑是银河从天上泻落到人间。

古语 **飞流直下三千尺，疑是银河落九天。**

今话 落日映射下的彩霞与孤独的野鸭一齐飞翔，秋天的江水和辽阔的天空连成一片，浑然一色。

古语 **落霞与孤鹜齐飞，秋水共长天一色。**

岁月流转

| 今话 | 想起了往事，突然觉得光阴流转如此迅速。

古语 **老去光阴速可惊。**

| 今话 | 年华悄然流逝，我已经衰老。

古语 **冉冉年华吾自老。**

| 今话 | 珍惜美好光阴。

古语 **春宵一刻值千金。**

| 今话 | 岁月如春秋般不断轮回，令人感到无奈和惆怅。

古语 **岁月春秋屡回薄。**

| 今话 | 时间的流逝就像这河水一样啊！日夜不停地流淌。

古语 **逝者如斯夫，不舍昼夜。**

| 今话 | 时光飞逝，就像织布机上的梭子一样快速地往来穿梭。 |

古语 **何处难忘酒，年光似掷梭。**

| 今话 | 青春易逝，容颜易老。 |

古语 **花开有落时，人生容易老。**

| 今话 | 抓住时机，不要错过美好的事物。 |

古语 **三春花事早，为花须及早。**

| 今话 | 岁月在人间匆匆流逝，显得格外短暂。 |

古语 **岁月人间促，烟霞此地多。**

| 今话 | 渭北的田园已经荒废，而在江西的岁月也在不断流逝。 |

古语 **渭北田园废，江西岁月徂。**

| 今话 | 应当抓住现在的时机努力奋斗,时间是不会停下来等待任何人的。 |

古语 及时当勉励,岁月不待人。

| 今话 | 青春壮年实在是没有几时,没察觉你和我已经老了。 |

古语 少壮能几时,鬓发各已苍。

| 今话 | 随着岁月的流逝,人逐渐老去,而时光却像飞一样迅速地流逝。 |

古语 年事俱至此,时光去如飞。

| 今话 | 河水东流,时间一去不复返,珍惜光阴。 |

古语 百川东到海,何时复西归?

| 今话 | 岁月匆匆流逝,让人不禁感慨时光的飞逝。 |

古语 覃覃岁月换,作诗思故乡。

| 今话 | 青春年华不会再来一次，一天之中也很难再迎来第二个早晨。

古语 **盛年不重来，一日难再晨。**

| 今话 | 岁月无情地催促着人渐渐老去，鬓边的头发早已变白。

古语 **岁月相催逼，鬓边早已白。**

| 今话 | 人一旦老去，就再也无法回到少年时代。

古语 **花有重开日，人无再少年。**

| 今话 | 在动荡离乱的岁月里，许多故人相继离世；而时光却在不断地流逝，岁月匆匆。

古语 **乱离朋友尽，合沓岁月徂。**

| 今话 | 时光在不知不觉中渐渐逝去。

古语 **惊风飘白日，光景驰西流。**

今话　时光缓缓地流逝，一年已接近尾声。

古语　冉冉年时暮，迢迢天路征。

今话　突然相见反而怀疑是梦，悲伤叹息互相询问年龄，感慨时光流逝。

古语　乍见翻疑梦，相悲各问年。

今话　不知道天上的宫殿，今晚是哪一年。

古语　不知天上宫阙，今夕是何年。

今话　自然美景令人陶醉，感慨岁月流转。

古语　道人偶见之，不是岁月深。

今话　通过不断积累岁月的力量，希望能够有机会与杰出的人才并肩。

古语　更积岁月力，倪陪英俊林。

| 今话 | 自己志向和事业没有得到认可，时光流逝像鸟儿飞过一般迅速。

| 古语 | **志业人未闻，时光鸟空度。**

| 今话 | 时光流逝，人世间的事令人叹息。

| 古语 | **时光共抛掷，人事堪嗟叹。**

| 今话 | 众多人聚集在一起，珍惜美好时光。

| 古语 | **济济众君子，高宴及时光。**

| 今话 | 时光就像电流一样的快速逝去。

| 古语 | **果惬麻姑言，时光速流电。**

| 今话 | 美好的时光不会停留太久。

| 古语 | **花径须深入，时光不少留。**

| 今话 | 初升的太阳不会永远明亮，白昼的时光也会忽然变得昏暗。 |

古语 朝阳不再盛，白日忽西幽。

| 今话 | 如果不能领悟真理，那么这些时间就白白浪费了。 |

古语 连年心苦念，不悟枉时光。

| 今话 | 大好江山确实很美，但无情的岁月却在催人老去。 |

古语 有待江山信美，无情岁月相催。

| 今话 | 明年牡丹盛开的时候，不知我们会在哪里相逢。 |

古语 不知来岁牡丹时，再相逢何处。

| 今话 | 这次的到来距离上次已是三年了。 |

古语 问讯湖边春色，重来又是三年。

> **今话** 岁月无情，古今万事都被它带走；在昏昏沉沉的腊酒中，又迎来了新的一年。

古语 **断送古今惟岁月，昏昏腊酒又迎年。**

> **今话** 年纪随同时光飞快逝去，意志随同岁月而丧失，最终枯败零落。

古语 **年与时驰，意与日去，遂成枯落。**

> **今话** 时光一去不可留，很无奈。

古语 **从来系日乏长绳，水去云回恨不胜。**

> **今话** 头发变白，岁月不饶人。

古语 **最是秋风管闲事，红他枫叶白人头。**

> **今话** 要珍惜青春少年时的美好时光。

古语 **劝君莫惜金缕衣，劝君惜取少年时。**

| 今话 | 要想事情称心如意，终究还是要趁年轻。

| 古语 | **到头称意须年少。**

| 今话 | 春天的时光太短暂。

| 古语 | **九十光阴能有几？金龟解尽留无计。**

| 今话 | 世间万事皆如过眼云烟，转瞬即逝，唯有内心的平静与坚守，才能在纷扰中保持不变。

| 古语 | **世间万事转头空，个里如如不动。**

| 今话 | 美好的春光大半已经匆匆流逝。

| 古语 | **韶光大半去匆匆，几许幽情递不通。**

| 今话 | 不知不觉间感到，流年似水，岁月在暗暗变换。

| 古语 | **屈指西风几时来，只恐流年暗中换。**

| 今话 | 时光流逝，世事变迁。

| 古语 | **何日桑田俱变了，不教伊水向东流。**

| 今话 | 人生一代代的无穷无尽，而江上的月亮却年年都是一样的。

| 古语 | **人生代代无穷已，江月年年望相似。**

| 今话 | 不要因为暂时的滞留而感到惊讶，半年的时光已经匆匆流逝。

| 古语 | **滞留未用便相诧，半年岁月行骎骎。**

| 今话 | 借助这种闲适的生活方式，留住时光，保持容颜不老的愿望。

| 古语 | **于今养鹤多栽竹，缚住时光且驻颜。**

| 今话 | 怀念过去的美好时光，时光短暂。

| 古语 | **谁知蕉鹿成夜梦，日与蓬鶍争时光。**

| 今话 | 不要只看到长安是个行乐的地方，而白白地把宝贵时光消磨掉。 |

| 古语 | **莫见长安行乐处，空令岁月易蹉跎。** |

| 今话 | 每年开放的花儿看起来都相似，但每年面对花儿的人却不一样了。 |

| 古语 | **年年岁岁花相似，岁岁年年人不同。** |

| 今话 | 时光流逝，狂风后鲜花凋零，红芳褪尽，绿叶成阴，果实累累。 |

| 古语 | **狂风落尽深红色，绿叶成阴子满枝。** |

| 今话 | 感叹时光匆匆流逝，就像流水一样一去不复返。 |

| 古语 | **溧滨三度见中秋，感叹光阴逐水流。** |

| 今话 | 无奈地感叹时光飞逝，像白驹过隙一样迅速。 |

| 古语 | **病过樱桃谷雨，向谁怨、年时驹隙。** |

今话 时光易逝,四季的景物在变换,星辰的位置也在移动,不知已经度过了多少个春秋。

古语 **闲云潭影日悠悠,物换星移几度秋。**

今话 时光飞逝,就像归去一样不可挽留;即使人们在一起,也难以共享相同的美好。

古语 **时光流转去如归,心赏难同在亦违。**

今话 善于把握关键时间,抓住关键的东西,好好把握,好好珍惜,才能成功。

古语 **一年之计在于春,一日之计在于晨。**

今话 少年时期很容易衰老,学问却很难有所成就。因此,每一寸光阴都十分珍贵,不可轻易浪费。

古语 **少年易老学难成,一寸光阴不可轻。**

| 今话 | 从古至今，人们都会自然地老去。

| 古语 | **古往今来人自老，月生月落几番新。**

| 今话 | 不要以为青春会永远驻留，白发和皱纹正在悄悄地等待着你。

| 古语 | **莫道韶华镇长在，发白面皱专相待。**

| 今话 | 回忆起过去的经历，感慨时光流逝如流水般匆匆。

| 古语 | **念去来，岁月如流，徘徊久，叹息愁思盈。**

| 今话 | 人生于天地之间，瞬间而过，很快就结束了。

| 古语 | **人生天地间，若白驹过隙，忽然而已。**

| 今话 | 人生能有多长时间？想想那些美好的时光和美丽的景色，千万不要轻易放过。

| 古语 | **人生百年有几，念良辰美景，休放虚过。**

| 今话 | 时光匆匆流逝，季节在变换，人也在不知不觉中老去。 |

古语 **流光容易把人抛。红了樱桃。绿了芭蕉。**

| 今话 | 时光飞逝如同白驹过隙，转眼间须发都已变白。 |

古语 **光阴驹过隙，须鬓雪成堆。**

| 今话 | 人生是短暂的，离别是寻常的，也是最让人伤心的。应当在有限的人生里，对酒当歌，开怀畅饮。 |

古语 **一向年光有限身。等闲离别易销魂。酒筵歌席莫辞频。**

| 今话 | 要牢牢抓住今天，今天能做的事一定要在今天做。 |

古语 **明日复明日，明日何其多。我生待明日，万事成蹉跎。**

| 今话 | 时光只知道催人老去,不理解人世间的多情。

| 古语 | **时光只解催人老,不信多情,长恨离亭,泪滴春衫酒易醒。**